AU ROI,

PAR UN AMI DE LA ROYAUTÉ.

Sire, ne soyez frère ni oncle,
soyez ROI.

PARIS,

J. G. DENTU, IMPRIMEUR-LIBRAIRE,

rue du Pont de Lodi, n° 3, près le Pont-Neuf;

et Palais-Royal, galeries de bois, n°s 265 et 266.

1815.

AU ROI.

—

Sire,

Aucune leçon de l'histoire ne pouvait instruire ni Votre Majesté, ni ses fidèles sujets à se gouverner dans la crise épouvantable qui vient encore de déployer aux yeux de l'univers l'étendard d'une révolution nouvelle, et d'exposer la France à la douleur de disparaître du nombre des nations civilisées. Malheur aux princes, Sire, et bien plus grand malheur encore pour les peuples dont les pays, livrés à des agitations, à des fréné-

sies jusqu'alors inconnues, sont obli-
gés de servir de fanal à la postérité, et
d'employer leur avenir à réparer les
malheurs de leur propre expérience !

Cependant, Sire, la France, du
haut de ses nouveaux débris, à tra-
vers les flots de sang répandus par l'ambition d'un seul homme, la France,
désormais paisible et sans ambition,
ne perd pas l'orgueilleuse espérance
de reprendre son attitude de bonheur
et d'indépendance, sous les lois d'une
dynastie paternelle et sous la protec-
tion littérale d'une Charte constitutionnelle qui, solennellement jurée
par le prince et respectée par le peuple, doit être pour tous désormais le
seul niveau sacré au - delà duquel,
Sire, nous ne devons plus aperce-
voir que crimes, que malheurs, enfin

qu'une indispensable destruction du trône et de la nation.

Plus ces conséquences sont sérieuses, Sire, plus elles sont certaines, et plus nous devons aborder franchement les moyens de les prévenir et de les éviter à jamais. Vos courtisans, Sire, vos ministres, les hommes faibles qui vous entourent, les hommes forts qui ne veulent que captiver votre confiance, ceux qui vivent de vos bienfaits ou ceux qui les attendent, ces caméléons dont l'égoïsme sait revêtir tant de formes pour flatter le pouvoir et séduire la faveur, les hommes en place, tout ce qui vous sert enfin ou vous approche, tous ces hommes là, Sire, ne peuvent pas être pour vous les échos d'une vérité qui peut vous gêner, vous affliger ou vous déplaire, parce que tous ne voient dans la patrie que la personne du Roi ; et vous avez déjà éprouvé, Sire, qu'avec les plus essentielles des qualités de votre aïeul, vous êtes loin d'avoir rencontré des *Sully* dans vos ministres. Dans mon indépendance absolue, j'aurai le courage, Sire, de mettre sous vos yeux la vérité, toute sévère qu'elle puisse vous paraître, parce qu'avant tout, je suis Français, étranger à tous les partis, et que j'ai la douce conviction que le ciel, en vous replaçant sur le trône de France, a mis dans votre cœur le germe de toutes les vertus, le courage, la philosophie et la raison, qui désormais peuvent rendre ma patrie heureuse et florissante.

Sire, on a commis de grandes fautes sous votre nom, et c'est pour en préserver désormais vos ministres qu'il faut vous les faire connaître. Vos flatteurs auront déjà voulu plus d'une fois vous persuader que le retour de Napoléon n'était dû qu'à son audace, à la trahison de l'armée, aux prévarications des préfets et des maires, qu'il est la suite d'un complot tramé depuis le traité de Fontainebleau en 1814; que c'est l'ouvrage de l'Angleterre ; qu'il avait ses ramifications avec la dernière insurrection de l'Italie; on vous trompe, SIRE, et ce n'est pas là toute la vérité.

L'isolement de l'armée, SIRE, le mécontentement des campagnes, l'arrogance des anciens nobles, l'inquiétude non tempérée de quelques acquéreurs de biens nationaux, la jactance des émigrés, l'exigence du clergé,

les menaces des anciens privilégiés,
l'importance affectée pour les moin-
dres pratiques de la religion, l'achar-
nement des courtisans à multiplier
ces cérémonies lugubres et *expiatoires*
qui réveillaient les remords et la rage
des bourreaux, sans absoudre les con-
temporains du crime ;

L'avilissement des décorations de
toute espèce, dont la prodigalité était
devenue la profanation ; les procla-
mations jésuitiques de vos premiers
ministres sur les diverses interpréta-
tions de la Charte constitutionnelle ;
les débats insidieux et les dénomina-
tions équivoques hasardés par votre
garde des sceaux, dans la chambre des
représentans du peuple; le malin sou-
rire et les bons mots échappés sur
l'exécution et la durée de la Charte

constitutionnelle ; la ligne de démarcation établie dans vos palais entre les émigrés et les glorieux soldats de la France, qui n'avaient jamais combattu que pour la patrie ; le mépris du clergé qui vous entourait, publiquement manifesté envers les ministres des cultes qui ne partageaient pas leurs dogmes ou leurs scrupules ; le partage de l'autorité royale entre les princes de votre maison, qui, dans leurs excursions départementales, distribuaient à profusion des grâces, des faveurs et des décorations, prononçaient des destitutions, créaient des emplois, s'arrogeaient enfin des droits de souverains, qui, dans nos mœurs et dans l'esprit de la Charte constitutionnelle, ne doivent appartenir qu'à la majesté royale, seule inviolable dans nos lois.

Voilà, SIRE, la vérité; voilà l'exposé d'une grande partie des causes qui ont ramené Buonaparte sur le trône des Bourbons, au milieu d'un peuple silencieusement honteux de ce nouveau joug ; et porté par l'enthousiasme d'une armée embarrassée de son oisiveté, avide de combats, sans doute, mais plus avide encore de se faire regretter par les princes qui venaient de la séparer d'eux, en s'isolant de son ancienne gloire, en calculant le prix qu'on mettrait à tant de sang répandu pour la France, tandis que le trésor public s'ouvrait pour acquitter toutes les dettes de l'émigration et de l'étranger.

Que VOTRE MAJESTÉ ne s'y trompe pas, SIRE, la génération est toute nouvelle en France ; ses mœurs, ses caprices, ses goûts, ses habitudes doivent être tous étrangers à ceux des Bourbons, qui voudraient juger Paris comme autrefois Versailles, et la France entière comme Paris. Aujourd'hui, SIRE, et après trente années de révolution, il serait aussi impossible de gouverner les Français comme ils l'étaient du temps de Louis XIV et de Louis XV, qu'il leur serait impossible de vivre entr'eux en république.

L'apparition de Buonaparte est venue réveiller les souvenirs des hommes de 1789, de tous ces patriotes un moment insurgés contre les abus de la cour de Louis XVI, mais dont la plupart sont morts au 10 août, pour le défendre; comme au 13 vendémiaire, pour conserver la liberté ravie par la faction conventionnelle, qui la première démusela le tigre destiné à ravager l'univers.

Ces patriotes de 89, SIRE, ceux qui au 20 mars dernier formaient les rangs de cette brave garde nationale, dont les adieux si déchirans furent pour vous le gage du plus sincère amour, et dont les larmes arrivèrent au cœur de VOTRE MAJESTÉ dans la nuit qui rendit la France veuve d'un bon Roi ; ces hommes qui signalent les premières classes de la société, ces estimables pères de famille, ces anciens militaires, ces magistrats, ces négocians, ces artistes, tous ceux qui supportent les charges de l'Etat et en font la prospérité, tous ces hommes, SIRE, veulent aujourd'hui la liberté, tous ne peuvent plus adorer qu'un Roi sincèrement constitutionnel; tous ré-

clament les mêmes droits à ces préro-
gatives, presque toujours usurpées par
la bassesse ou par les prétendus droits
d'une naissance, ouvrage du hasard,
et d'une fatalité qui n'a rien de recommandable en soi.

Il faut maintenant que les bornes
du pouvoir royal en deviennent le
plus ferme appui. Le peuple français
ne peut plus être la propriété d'un
Empereur ou d'un Roi; et la loi constitutionnelle étant le seul maître de
tous, les Français ne seront plus les
esclaves d'un homme qu'ils se seront
donné librement, et qui doit se trouver
fier de leur choix.

C'est à vous, SIRE, qu'appartient la
glorieuse mission de terminer irrévo-
cablement la révolution, en gouver-
nant les Français comme ils sont,

comme vous les retrouvez, et non pas comme vous les avez vus autrefois, et non pas sur-tout comme vos ministres ont voulu vous faire croire qu'ils pouvaient redevenir encore.

Si donc, lors de votre premier retour au trône de vos pères, Sire, un homme courageux, ami de la France, et jaloux de voir le sceptre constitutionnel se perpétuer dans la famille des Bourbons; un homme qui aurait suivi tous les degrés de notre révolution, et connu l'esprit public et l'orgueil militaire; un ministre qui, bien différent de celui qui vous approchait, pour le malheur de la France, n'aurait pas borné son influence à écarter de vous tout ce qui pouvait vous éclairer sur vos propres dangers et sur votre situation intérieure ;

Si un vrai Français, jaloux de voir en vous toute pensée, toute affection céder à votre dignité, vous avait conseillé de ne plus être Roi comme vos aïeux l'avaient été; s'il vous avait prouvé, Sire, qu'avec toute les qualités que la rage de vos ennemis n'a pu affaiblir parmi nous, avec ces doux fruits de l'étude et du malheur qui vous rendaient si recommandable, vous aviez le droit d'être plus fier que vos ancêtres, lorsque désigné par le hasard pour régner, comme autrefois, sur la France, vous en occupiez le trône par le choix libre et indépendant de vingt-cinq millions d'hommes parvenus au plus haut degré de la civilisation, des beaux-arts, de la gloire militaire et de la philosophie; ce sage, Sire, cet ami du genre humain, ce digne Français, ce nouveau Sully, ce philantrope éclairé, aurait borné ses conseils à la stricte interprétation de cette maxime :

SIRE, ne soyez frère ni oncle, soyez ROI.....

L.....

Paris, 10 juillet 1815.

www.ingramcontent.com/pod-product-compliance
Lightning Source LLC
LaVergne TN
LVHW050255030726
842520LV00006B/2385